Alek Honse

Amor e Mitologia

Alek Honse

Ficha catalográfica

Capa O Nascimento de Vênus *(1484 e 1486) de Sandro Botticelli*

Mitologia – Grega – Egipcia- Nórdica Etrusca – Tupi guarani.

Contos e lendas mitoloiacas

Honse – Alek Amor na mitologia

Alek Honse

Para Lívia com amor.

Para Leila, adoro dizer seu nome

A Marcelo Gilberto.

Amor na Mitologia

Dizem que, segundo a mitologia grega, os humanos foram criados com quatro braços, quatro pernas e uma cabeça com duas caras. Mas, temendo o poder deles, Zeus os separou em duas partes, condenando os humanos a passar o resto da vida procurando a outra metade, a alma gêmea.

Amor na Mitologia

Apresentação

Mito (do grego mythós) é uma narrativa fantástica que possui o objetivo de explicar a origem de tudo aquilo que existe e é considerado importante para um determinado povo. A reunião dessas narrativas forma um conjunto de explicações sobre o mundo chamada de mitologia.

A mitologia como se conhece hoje em dia tem origem na Grécia antiga. A cultura grega, politeísta (crença em muitos deuses), possibilitou a criação de um modelo complexo de interpretações sobre a origem do mundo e a relação dos seres humanos com a natureza e esses deuses.

Os mitos cumprem o papel de ensinar através de histórias repletas de simbolismo, que relacionam elementos sobrenaturais com a vida dos seres humanos, dando lições sobre como se deve viver.

Ao longo do tempo, os mitos foram assumindo outros significados e seu uso passou a determinar outros sentidos.

Inicialmente, o mito refere-se diretamente a uma narrativa fantástica compreendida como verdadeira, que dá conta de explicar a origem de tudo o que é relevante para a vida humana.

A partir da produção de conhecimentos baseados na lógica, os simbolismos dos mitos foram sendo abandonados e seus relatos passaram a ser compreendidos como uma ficção.

Hoje em dia, mito pode ser sinônimo de falsidade ou mentira. A oposição entre "verdade ou mito" tornou-se muito comum e se dá pela tradição fantástica das histórias míticas e sua falta de coerência com a realidade.

O significado de mito também se relaciona com algum aspecto que possa parecer sobre-humano ou sobrenatural. Uma pessoa pode ser chamada de mito quando suas ações parecem estar para além das pessoas comuns, a exemplo das divindades gregas.

Tradicionalmente, os mitos possuiam algumas características próprias e eram responsáveis por relatar a origem dos deuses e das coisas.

São narrativas que não possuem uma lógica rigorosa e utiliza-se de símbolos de fácil reconhecimento e compreensão. Nos mitos não há um limite definido entre o que é natural e o que é sobrenatural.

O surgimento do universo e dos elementos da natureza são os principais temas dos mitos. Para que todos possam compreender facilmente, utilizam-se da ideia de nascimento (gonos) das coisas. O nascimento é utilizado como dos principais símbolos presentes nos mitos por ser algo muito comum no cotidiano e simples de ser compreendido.

Desse modo, os relatos sobre a origem das coisas estão constantemente associados à ideia de um parto ou nascimento. Com isso, os mitos são repletos de relações entre os deuses que fazem nascer o universo e os elementos naturais.

Os mitos gregos que relatavam a origem das coisas podem ser divididos em duas categorias:

- Teogonia: narrativas sobre o nascimento dos deuses e seu poder.

- Cosmogonia: narrativas sobre o nascimento do universo e dos elementos da natureza.

Na Grécia antiga, a mitologia grega era um complexo sistema dessas narrativas, que orientava a vida de todos. Os mitos ensinavam os princípios morais, as virtudes e orientavam a relação com os deuses e a natureza.

A mitologia é uma forma de dar sentido à existência humana, suas diversas histórias dão conta de saciar a curiosidade humana acerca de questões fundamentais como "de onde viemos?", "para onde vamos?" ou "porque num dia chove e no outro faz sol?".

Em um período anterior às ciências, explicavam de maneira simples, apelando para imagens presentes no imaginário coletivo, tudo aquilo que poderia ser fonte de questionamentos.

Com o passar do tempo, as narrativas fantásticas dos mitos foram perdendo força, os gregos passaram a necessitar de explicações melhores.

O pensamento mítico foi gradativamente sendo substituído pelo pensamento lógico-filosófico.

As explicações dadas pela mitologia não possuíam uma coerência lógica, baseavam-se na crença e não podiam ser questionadas.

A filosofia surge como forma de produzir um conhecimento racional, que deve ser baseado na lógica e ser constantemente questionado com o objetivo de alcançar a verdade.

Amor na Mitologia

Sobre este livro

'ma das mais conhecidas definições da filosofia é a do amor, mais precisamente a de Amor Platônico.

Comumente o entendimento vulgar chama de amor platônico o amor impossível, o amor contemplativo, aquele amor em suma inacessível. Para exemplificar poderíamos dizer que é o amor que uma pessoa de classe econômica baixa nutre por alguém de classe alta, alguém tímido no colégio sente por alguém muito popular. Opostos que não se atraem. E o ser que ama, sofre em silêncio, muitas vezes sem que o objeto de seu amor nem sequer saiba que é amado.

O amor de Platão não é isso.

Para o filósofo grego amor é *Eros* e Eros é desejo.

Deseja-se o que não se possui, logo se ama o que não se tem, uma vez que se adquire o que se deseja, passa-se a desejar outra coisa e, portanto, não se ama mais o que antes amava, e amava-se outra.

É por isso que são muitos os casos que temos conhecimento de pessoas que diziam amar a outras imensamente, às vezes por anos a fio, fizeram de tudo para conquistá-las e depois de conseguir seu intento, logo a relação não prosperou. Ama-se sim, a maneira de Platão. Amava-se a falta dela, não a sua presença.

O amor da presença é definido por outro filosofo, o também grego Aristóteles e este o chamou de philia. Aqui o amor não é pelo desejo do que falta, mas sim pelo que se conquistou. Aristóteles chama a isso de Alegria.

Alegria pelo que se tem. É o mesmo que o latino Lucrécio chamou de *clinamem*, Spinoza de *Potência de agir*, Schopenhauer de *Vontade*.

Essa Alegria de Aristóteles é o que denominamos amor.

Amor é alegrar-se, é estar feliz com o que se possui.

Essa alegria nos faz maior, dá-nos a dimensão do que somos, dá razão a nossa existência. Faz a vida valer a pena.

Quando encontra o objeto de seu amor, a potência, a alegria, a vontade, o SER se expande, se agiganta, se valoriza.

Esse amor canaliza toda nossa capacidade para ser feliz. Quando encontramos esse ponto que desperta este amor, queremos que este momento dure um pouco mais, se eternize. A isso Aristóteles chama de *Eudaimonia* [1]

Por fim há ainda o amor *Ágape*, contrapondo os amores gregos anteriores que são egocêntricos.

São amores lindos, mas que partem do eu para o outro, são amores narcísicos e egoísticos que buscam a satisfação do eu em detrimento do outro.

Em Ágape o centro do amor muda. Já não sou eu o centro do mundo, mas o outro. Minha felicidade só é possível se a pessoa amada estiver feliz. Se a pessoa que amo sorri eu sorrio, se ela se realiza eu me realizo, se ela cresce eu cresço.

---

[1] *eudaimonia* é a "ética da felicidade" ou o "voltar-se para a felicidade", pois é uma espécie de doutrina que coloca como finalidade última a **sabedoria prática** necessária para que o agir humano alcance o **bem supremo**.

Não há possibilidade de eu estar feliz se ela não estiver. Não é dependência, é doação.

Ágape é o amor sublime.

É a quintessência do amor.

Só é capaz de senti-lo quem muito já perdeu, sofreu. Quem já morreu mil vezes. Perdeu-se por caminhos escuros e conseguiu reencontrar sua luz. Só é possível alcançá-lo no topo da montanha do sentimento, quem já mergulhou fundo no poço das emoções vampirescas que um dia lhe sugaram as energias, lhe tiraram o viço, a vontade de viver, o desejo de continuar. Quem já se iludiu com a beleza exterior, quem já se embriagou com doces licores de promessas vazias. Quem se iludiu com sonhos não concretizados.

Só é capaz de viver e sentir Ágape quem passou pelo inferno de sofrer por Eros, quem se dedicou por Philia e muito chorou com os erros.

Só quem renasceu das próprias cinzas é capaz de senti-lo.

Ágape é o amor que chega quando nada mais se espera.

Quando o coração tal qual fruto escondido no topo da árvore que ninguém viu, amadureceu naturalmente e está pronto para ser colhido, degustado sem pressa, depois de ter resistido à queda de muitas flores no outono dos que lhe desprezaram, se mantido firme durante os tempos frios do inverno da indiferença de outros corações, desabrochou e cresceu na primavera, mas foi preterido por outros frutos que estavam mais acessíveis, viu passar o verão sem ser notado e já no fim da estação, quando pensava que seu destino seria cair sem ser apreciado, perder toda sua potência, eis que surgiu resplandecente, vivo, colhido com carinho.

Esse é Ágape.

Fruto raro, cultivado na espera e colhido pelas mãos certas.

As mãos meigas e gentis.

Iluminadas pelo sorriso de quem sabe apreciá-lo e valorizá-lo.

Não é mais Eros que pulsa em mim.

Já não amo o que não possuo, já não desejo o que me falta, pois nada há o que exista que não tenho em mim.

Não, não é Philia, pois a alegria está em tudo que faço e tenho.

Ágape me move, pois é para ver o sorriso lindo e luminoso de alguém que espero, ainda surja a cada manhã que abrirei meus olhos, é para que seus olhos brilhem é que abrirei os meus, é para que sua voz cálida sussurre é que falarei.

É para que ela caminhe sobre este mundo distribuindo sua paz, sua bondade, sua calma é que eu me levantarei e lhe estenderei meu braço como apoio e me apoiarei nos seus.

Meu amor será escada para que ela suba, será caminho para que ela passeie, será oceano para ela navegar, será universo para ela contemplar.

E para quem em algum momento puder imaginar que isso é auto anulação, submissão ou negação do que sou só posso dizer que sim. É tudo isso, mas é muito mais.

Porque ágape é amor pleno. É preciso renunciar-se a si mesmo para que o seu amor possa transbordar para o outro e desta forma se consiga senti-lo.

Não é possível amar aos poucos, amar pela metade.

Amar é doar-se por inteiro.

Sinto que minha história com o amor não começou agora tamanha a intensidade, afinidade e cumplicidade que dediquei e dedicarei as postulantes de moradoras de meu coração. E meu desejo (eros) é que esteja sempre alegre (philia) nesta vida. É o que meu amor (ágape) fará a cada dia para que aconteça em sua vida, quando eu a encontrar.

E é sobre o AMOR que este livro fala.

Amor é o que me move.

Amor na Mitologia

Índice

Amor na Mitologia

1. Mito das almas gêmeas

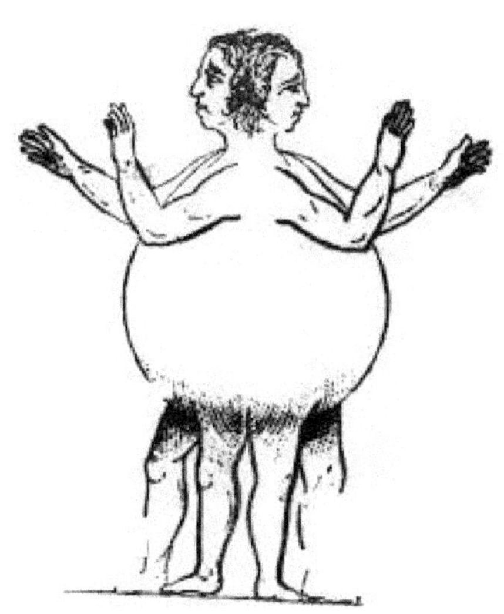

Amor na Mitologia

O filósofo grego Platão escreveu que os seres humanos antigamente tinham quatro braços, quatro pernas e dois rostos. Segundo ele, Zeus nos dividiu ao meio como punição pelo nosso orgulho e ficamos destinados a andar pela Terra procurando a outra metade.

Nossa compreensão do amor e dos relacionamentos pode ter evoluído desde 385 a.C., quando Platão escreveu *O Banquete*, mas a ideia de ter uma "outra metade" ainda é válida para muitos e atravessou inúmeras culturas ao longo da história.

Algumas tradições hindus defendem a ideia de que as pessoas possuem conexões cármicas com certas almas. Já em ídiche (língua de origem germânica falada originalmente pelos judeus da Europa central e oriental), existe um termo para designar um parceiro de casamento ideal ou predestinado - bashert - que é traduzido literalmente como "destino".

Rumi, intelectual islâmico e poeta persa do século 13, apresentou a ideia de que os amantes não se encontram no final, mas que eles estão dentro um do outro de alguma forma, todo o tempo.

E, de Romeu e Julieta até Heathcliff e Cathy em *O Morro dos Ventos Uivantes*, a literatura ocidental está repleta de exemplos de amantes destinados a ficar juntos.

2. AMOR: um cego guiado pela Loucura

Amor na Mitologia

*T*empos atrás, viviam duas crianças, um menino e uma menina, que tinham entre quatro e cinco anos de idade.

O menino chamava-se Amor e a menina, Loucura.

O Amor sempre foi uma criança calma, doce e compreensiva. Já a Loucura era muito emotiva, passional e impulsiva. Entretanto, apesar de todas as diferenças, as crianças cresciam juntas, inseparáveis: brincando, brigando...

Houve um dia, porém, em que o Amor não estava muito bem, e acabou cedendo às provocações de Loucura, com a qual teve uma discussão muito feia. Ela não deixava nada barato; estava furiosa como nunca com o Amor, e começou a agredi-lo, não só verbalmente, como de costume.

 A menina estava tão descontrolada que agrediu o garoto fisicamente e, antes que pudesse perceber, arrancou os olhos do Amor.

O Amor, sem saber o que fazer, chorando, foi contar à sua mãe, a deusa Afrodite, o que havia ocorrido.

Inconsolada, Afrodite implorou a Zeus que ajudasse seu filho e que castigasse Loucura.

Zeus, por sua vez, ordenou que chamassem a garota para uma séria conversa.

Ao ser interrogada, a menina respondeu, como se estivesse com a razão, que o Amor havia lhe aborrecido e que foi merecido tudo o que aconteceu.

Embora soubesse que não fora justa com seu amigo, a menina - que nunca soube se desculpar - concluiu dizendo: que a culpa havia sido do Amor, e que não estava nem um pouco arrependida.

Zeus, perplexo com a aparente frieza daquela criança, disse que nada poderia fazer para devolver a visão ao Amor, mas ordenou que Loucura estaria condenada a guiá-lo por toda a eternidade, estando sempre junto ao Amor em cada passo que este desse.

E até hoje eles caminham juntos.

Onde quer que o Amor esteja, com ele estará Loucura, quase que fundidos numa só essência, tão unidos que por vezes não se consegue definir onde termina o Amor e onde começa a Loucura.

É também por isso que se costuma dizer que o Amor é cego.

A verdade é que o Amor tem os olhos da Loucura.

3. Afrodite e Adônis

frodite era a deusa da beleza, amor, prazer e procriação. Algumas tradições dizem que Afrodite nasceu da espuma do mar, das partes íntimas mutiladas do deus Urano depois que ele foi desmoralizado pelo filho Cronos e teve seus restos jogados no oceano. Outros, dizem que Afrodite é filha de Zeus e Dione.

Sua vida amorosa foi turbulenta, com inúmeros contos sobre amantes, amores e seu casamento com Hefesto. A deusa foi adorada por muitos, mas a princesa de Chipre, Mirra, recusou o culto à ela, sendo punida no final.

Por ironia, ou não, Adônis era filho Mirra, uma linda mulher que, quando jovem, desenvolveu certa obsessão por seu pai Cínias, rei de Chipre.

Não se sabe ao certo a origem da sua obsessão, que inclui até uma flecha acertada por equívoco de Eros. No entanto, a teoria mais aceita é de que Mirra foi vítima da ira de Afrodite, que amaldiçoou a jovem e a fez se apaixonar pelo próprio pai.
Mirra sabia da gravidade do seu desejo e sabia que o incesto era um pecado, tentando evitar a todo custo se envolver, mas ao longo dos anos seu sentimento foi ficando mais intenso.

Com a ajuda de uma enfermeira, ela deitou-se com o pai por doze noites seguidas sem seu consentimento.

Quando ficou sabendo, Cínias tirou a espada para acabar com a vida da filha. Naquele momento, ela rezou para os deuses e por piedade, foi transformada em uma árvore que passou a levar seu nome. Dez meses depois a árvore deu à luz a Adônis.

Adônis era um jovem mortal de beleza incomparável, tão bonito era, que chamou atenção até de Afrodite, enquanto ela brincava com seu filho Eros. A atenção se concretiza quando Afrodite acidentalmente se fere com uma das flechas de Eros, encantando-se de vez pelo homem.

Claramente, Adônis não resistiu aos encantos da deusa. Os dois se apaixonaram e passaram a vivenciar um ardente romance.

O que poderia ter se tornado uma linda história de amor acabou por incomodar Perséfone, a rainha do submundo, deusa das flores e frutos, filha de Zeus.

O fato é que Perséfone encantou-se por Adônis enquanto observava o homem e sua amante Afrodite em um de seus momentos.

Eros, anteriormente tocado por ciúmes da mãe, já andava planejando atrapalhar seu romance. Assim, ele dispara uma flecha contra Perséfone, que se vê instantaneamente obcecada pelo homem, jurando tê-lo para si.

Outra figura que faz parte desse conto é Ares, o deus da guerra e irmão de Hefesto, sendo, portanto, cunhado de Afrodite.

Ares também já teve seus momentos com a deusa, muito explícitos no conto de adultério entre os dois. Consequentemente, ele não podia esconder o ciúme que tinha de Afrodite, tornando Adônis seu maior rival.

A atividade preferida de Adônis era a caça, algo que realmente fascinava o jovem. Essa atividade, no entanto, preocupava Afrodite, pois sabia do perigo que os animais ferozes poderiam oferecer. Assim, Ares se aproveita da segunda paixão de Adônis, a caça, para dar fim ao romance dos dois.

Em um dia de caçada, Adônis se depara com um javali extremamente forte e, através de um encanto imposto por Ares, o jovem deixa de lado a promessa feita à Afrodite e parte para a luta, arriscando sua vida.

O homem consegue ferir a besta, mas o animal estava à mercê de Ares, que o fez revidar o ataque de Adônis com toda sua fúria, ferindo-o gravemente.

Afrodite chega ao local, mas já era tarde: o jovem morre em seus braços e a deusa o enterra em um local onde posteriormente brotaram flores vermelhas que foram batizadas como Adônis.

Dessa forma, com sua morte, a alma do homem foi para o submundo, onde a rainha Perséfone estava à espera. No mundo inferior, Adônis foi muito bem tratado, reflexo dos desejos da rainha, que o acomodou em um palácio.

O rei desse local era Hades, irmão de Zeus e que, em um conto muito famoso, raptou Perséfone para torna-la sua rainha no submundo.

Em uma das noites enquanto o deus Hades descansava, Perséfone foi aos aposentos do jovem Adônis e, assim, os dois começaram um romance.

Como em uma previsível e dramática história de amor, é de se esperar que Afrodite fizesse algo para trazer o amado de volta. Assim, a deusa decide ir ao submundo para salvar Adônis, mas Hades, já conformado com o caso extraconjugal da esposa, se impõe e acaba expulsando Afrodite do lugar. Furiosa, ela promete acabar com todo o amor existente entre os casais do mundo todo.

O problema foi tanto que o assunto chegou ao Olimpo. Hera, esposa de Zeus e deusa da fidelidade exigiu que o marido tomasse uma providência. Ele então decidiu convocar Hades, Perséfone e Afrodite para resolver de vez a situação.

Zeus, como bom criador de acordos, sugere que Hades e Perséfone abram mão da permanência de Adônis da seguinte maneira: o jovem passaria um terço do ano no submundo, outro terço com Afrodite, e no último terço poderia passar sozinho como melhor desejasse.

Apesar de Hades não concordar e reafirmar que Adônis pertencia como servo à sua esposa, Perséfone abre mão do jovem pelo período de dois terços do ano para um bem maior.

Acordos feitos, Adônis partia na primavera para encontrar Afrodite. Durante o verão, o jovem podia usufruir como quisesse, porém, essa era a mesma época em que Perséfone ia à superfície para passar um tempo com sua mãe, Deméter.

Para a alegria da rainha do submundo, muitas vezes os dois passavam um tempo

a mais juntos na superfície antes de partirem para o Hades no inverno.
Essa trama deu origem à lenda de que verões mais intensos e invernos mais prolongados são fruto do desejo de ambas as deusas de passar mais tempo com o jovem Adônis.

4. Eros e Psiquê

Amor na Mitologia

Psiquê era a mais nova de três filhas de um rei e era extremamente bela. Sua beleza atraia muitos admiradores que rendiam-lhe homenagens. Ofendida e enciumada, Afrodite enviou seu filho Eros para fazê-la apaixonar por alguém, assim todas as homenagens seriam apenas para ela. Porém, ao ver sua beleza, Eros apaixonou-se profundamente por Psiquê.

O pai de Psiquê foi consultar o oráculo de Delfos pois suas outras filhas haviam encontrado maridos e Psiquê permanecia sozinha. Manipulado por Eros, o oráculo aconselhou que Psiquê deveria ser deixada numa solitária montanha onde seria desposada por um terrível monstro. A jovem aterrorizada foi levada ao pé do monte e abandonada por seus pesarosos parentes e amigos.

Conformada com seu destino, Psiquê foi tomada por um profundo sono e conduzida pela brisa gentil de Zéfiro a um lindo vale. Quando acordou, caminhou por um jardim até chegar a um magnífico castelo. Parecia que lá morava um deus, tal a perfeição em cada detalhe. Tomando coragem, entrou no deslumbrante palácio onde todos os seus desejos foram atendidos por ajudantes invisíveis.

À noite Psiquê foi conduzida a um quarto

escuro onde pensava que encontraria seu terrível esposo. Quando sentiu que alguém entrava no quarto, Psiquê tremeu de medo, mas logo uma voz acalmou-a e ela sentiu os carinhos de alguém. O amante misterioso embalou-a em seus braços. Quando Psiquê acordou, já havia amanhecido e seu misterioso amante havia desaparecido. Isso se repetiu por várias noites.

As irmãs de Psiquê queriam saber seu destino mas o amante misterioso alertou-a para não responder aos seus chamados. Porém Psiquê sentindo-se solitária em seu castelo-prisão, implorou ao amante para deixá-la ver as irmãs. Finalmente ele atendeu ao pedido, mas impôs a condição de que não importasse o que falassem as irmãs, ela nunca deveria tentar conhecer sua identidade, caso isso ocorresse, ela nunca mais o veria novamente. Psiquê estava grávida e ela deveria guardar segredo para que seu filho fosse um deus, porém se ela revelasse a alguém, ele se tornaria um mortal.

Quando suas irmãs entraram no castelo e viram tanta abundância de beleza e maravilhas, foram tomadas de inveja. Notando que o esposo de Psiquê nunca aparecia, perguntaram maliciosamente sobre sua identidade. Embora advertida por seu esposo, Psiquê viu a dúvida e a curiosidade tomarem conta de seu ser, aguçadas pelos comentários de suas irmãs.

Ao receber novamente suas irmãs, Psiquê contou-lhes que estava grávida e que sua criança seria de origem divina. Suas irmãs ficaram ainda mais enciumadas com sua situação, pois além de todas aquelas riquezas, ela era a esposa de um lindo deus. Assim, elas convenceram Psiquê a descobrir a identidade do esposo, pois se ele estava escondendo seu rosto poderia ser um horrível monstro.

Assustada com o que havia dito suas irmãs, Psiquê levou uma lamparina para o quarto decidida a conhecer a identidade do marido. Esquecendo os avisos do seu amante, enquanto Eros descansava à noite a seu lado, Psiquê aproximou a lamparina para ver o rosto do seu amante. Para sua surpresa, ela viu um jovem de extrema beleza e admirada não percebeu a inclinação da lamparina que deixou uma gota de óleo quente cair sobre o ombro de Eros.

Eros acordou assustado e voou pela janela do quarto dizendo:

- "Tola Psiquê, é assim que retribui meu amor? Depois de haver desobedecido as ordens de minha mãe e tornado-a minha esposa, tu me julgavas um monstro? Vá, volte para junto de suas irmãs, cujos conselhos preferiste ouvir. Não lhe imponho outro castigo, senão de deixá-la para sempre. O amor não pode conviver com a suspeita."

No mesmo instante o castelo, as belezas e os jardins desapareceram.

Inconsolável Psiquê passou a perambular pelos bosques tentando encontrar Eros novamente. As irmãs fingiram pesar, mas elas também pensavam em conquistar Eros. Mas o deus vento Zéfiro, assistindo aquele fingimento, as lançou em um despenhadeiro. Resolvida a reconquistar o amor de Eros, Psiquê chegou ao templo de Afrodite. Porém a deusa impôs que ela cumprisse muitas tarefas antes de se encontrar com Eros.

Primeiro ela deveria separar os milhares de grãos de trigo, cevada, feijões e lentilhas que estavam misturados, um serviço que iria demorar toda vida para terminar. Psique ficou assustada diante de tanto trabalho, porém as formigas ajudaram Psiquê e ela finalizou rápido a tarefa.

Na 2ª tarefa, Afrodite pediu lã dourada dos ferozes carneiros. Psiquê foi até as margens de um rio onde carneiros de lã dourada pastavam e estava disposta a cruzar o rio, quando um junco ajudou-a e disse-lhe para esperar que os carneiros dormissem, assim não seria atacada por eles. Psiquê esperou, depois atravessou o rio e retirou a lã dourada.

Na 3ª tarefa, Afrodite pediu água que jorrava de uma fonte da montanha. Porém ali havia um dragão que guardava a fonte, mas ela foi ajudada por uma águia, que voou baixo próximo a fonte e encheu a jarra. Vendo que Psiquê conseguia completar as tarefas, Afrodite impôs que ela descesse ao mundo inferior e pedisse um pouco da beleza de Perséfone e guardasse em uma caixa.

Psiquê não sabia como entrar no mundo de Hades estando viva e pensou em atirar-se de uma torre. Mas a torre murmurou instruções, ensinou-lhe como driblar os diversos perigos da jornada, como passar pelo cão Cérbero e deu-lhe uma moeda para pagar a Caronte pela travessia do rio Estige, advertindo-a:

- "Quando Perséfone lhe der a caixa com sua beleza, não olhe dentro da caixa, pois a beleza dos deuses não cabe aos olhos mortais".

Seguindo as instruções, Psiquê conseguiu o precioso tesouro. Porém, tomada pela curiosidade, abriu a caixa para olhar. Ao invés de beleza havia apenas um sono terrível que dela se apossou. Eros voou ao socorro de Psiquê e conseguiu colocar o sono novamente na caixa, salvando-a. Lembrando-lhe que a extrema curiosidade pode ser fatal, Eros conseguiu que Afrodite concordasse com o seu casamento com Psiquê. Em pouco tempo, Eros e Psiquê tiveram um filho, Voluptas, que se tornou o deus do prazer.

5. Eco e Narciso

xistem duas versões mais debatidas sobre o mito de Narciso. Uma, menos tradicional, oriunda do Poeta grego Pausânias, diz que Narciso teria uma irmã gêmea e que ela era o seu reflexo. Outra, considerada a versão original do mito, compreende que Narciso era uma das criaturas mais lindas já existentes. Por causa de sua beleza, as mulheres ficavam encantadas pelo jovem mancebo, filho de Cefiso e Liríope.

O nome Narciso (tema narkhé = torpor, como em narcótico para nós) já parece indicar o que sua existência significaria: sua beleza entorpece, atordoa, embaraça a todos aqueles por quem ela é vista, mas também, por sua ascendência, Narciso tem estreita relação com a ideia de água, escoamento e fertilidade, por parte de pai, bem como mansidão, voz macia e leveza (por parte de mãe). Tudo isso influenciaria sua vida.

Conta-se que, certa vez, Narciso passeava nos bosques. Perto dali, a ninfa ECO, que era uma tagarela incorrigível, acompanhava-o, admirando sua beleza, mas sem deixar que a notasse. Eco, em virtude de sua tagarelice, foi punida por Hera, esposa de Zeus, para que sempre repetisse os últimos sons que ouvisse (por isso, na física, chamamos de eco a reverberação do som).

Por sua vez, Narciso, suspeitando de que estava sendo seguido, perguntou:

-Quem está aí?

. E ouviu:

- Alguém aí?

Então, ele gritou novamente:

-Por que foges de mim?

. E ouviu

- Foges de mim. Até dizer

-Juntemo-nos aqui e ter como resposta

- -Juntemo-nos aqui.

Toda essa repetição acabou deixando Narciso angustiado por desejar amar algo que não poderia ver.

Dessa forma, Narciso entristeceu-se e foi à beira de um lago, onde, de modo surpreendente, deparou-se com sua imagem nos reflexos da água. Como nunca antes havia se olhado (pois sua mãe foi recomendada a não permitir que isso ocorresse), enamorou-se perdidamente, acreditando ser a pessoa com quem estava "dialogando". Por isso, tentou buscar incessantemente o seu reflexo, imergindo nas águas nesse intento, mas acabou morrendo afogado.

A ninfa Eco sentiu-se culpada e transformou-se em um rochedo, vivendo a emitir os últimos sons que ouve. Do fundo da lagoa, surgiu a flor que recebeu o nome de Narciso e tem as suas características.

O mito de Narciso e Eco é, até hoje, estudado pelos psicólogos. Alguns explicam que o alter ego, isto é, o outro que nos completa, é buscado fora de si, mas sempre como um retorno a si mesmo. Essa compreensão mostra o quanto somos egoístas em relação às nossas necessidades, a ponto de ser possível uma relação entre um mito da Antiguidade e a vida contemporânea.

Isso porque vivemos em busca de preencher o vazio libidinal que nos atormenta, redirecionando nossas pulsões sexuais para a satisfação na aquisição de bens.

Ora, é essa tentativa de satisfação que promove um individualismo exacerbado no mundo contemporâneo, sendo, por isso, apelidado de sociedade narcisista.

Alek Honse

6. Orfeu e Eurídice

Amor na Mitologia

Na mitologia grega, Orfeu, filho de Apolo e da musa Calíope, e Eurídice, eram dois amantes que se apaixonaram perdidamente.

Além de poeta, Orfeu era músico e cantor. Seu pai lhe presenteou com uma lira, o que o transformou num dedicado músico. Assim, quando a tocava, qualquer pessoa ficava encantada e tranquila com sua melodia. Além de seres humanos, os animais e a natureza no geral (árvores, rios, lagos, etc.) ficavam fascinados ao som de suas notas.

Perdidamente apaixonados, Orfeu e Eurídice resolveram se casar. No entanto, pouco antes do casamento, Eurídice foi mordida por uma cobra, ao tentar fugir de um admirador, Aristeu, o que acarretou em sua morte.

Desconsolado, Orfeu resolveu descer ao mundo de mortos e pedir a Hades, deus dos mortos, e sua esposa Perséfone, sua amada de volta.

Comovidos com a história e extasiados com a música de sua lira, ambos resolveram devolvê-la ao seu amante com uma condição: que não olhasse para ela até eles chegarem ao mundo superior.

Ao sair do mundo dos mortos, e desconfiado do acordo com o deus do mundo inferior, Orfeu resolveu olhar para trás e conferir se sua amada o seguia. Ao desobedecer Hades e Perséfone, Eurídice foi levada ao mundo dos mortos, sem previsão de volta.

Com uma tristeza profunda, Orfeu ficou perambulando durante dias sem comer e beber. Depressivo, resolveu nunca mais amar nenhuma mulher, o que levou a fúria das Mênades (bacantes) que tentavam conquistá-lo.

Sem resposta de Orfeu, elas resolvem matá-lo. Com sua morte, ele finalmente consegue encontrar seu amor. Reza a lenda que depois de seu corpo ser atirado no rio Ebro, ele foi sepultado próximo do monte Olímpio e ali onde jazia seus restos mortais, os rouxinóis entoaram belas canções.

Por sua vez, as Mênades, mulheres furiosas da Trácia, que decidiram matá-lo foram punidas pelos deuses, que as transformaram em carvalhos e rochas.

7. Édipo e Jocasta

Amor na Mitologia

A história se passa com a família de Laio, rei de Tebas. Quando ele se tornou rei, casou-se com Jocasta, filha de Meneceu.

Durante seu reinado, Laio recebeu uma mensagem inesperada e perturbadora do oráculo de Delfos: o casal deveria evitar ter um herdeiro, pois seria obrigado a se livrar da criança, uma vez que ela estaria destinada a assassinar o próprio pai.

O tempo passou e Jocasta acabou engravidando. Laio, apreensivo e angustiado pela alegria da esposa ao saber que teria um filho, seguiu o conselho dado pelo oráculo.

Ele contou toda a história à esposa e com seu consentimento, viu-se obrigado a dar o recém-nascido ao pastor chefe e fiel servo do reino, para que o mesmo se livrasse do pequeno menino.

O pastor obedeceu, levando a criança ao Monte Citerão, que ao invés de ser morto, foi amarrado de cabeça para baixo em uma árvore e abandonado ali.

Porém, para sua sorte – ou azar – o pequeno menino foi salvo por outro pastor que apareceu no local. O menino foi batizado de Édipo, que significa "pés distendidos", levado ao reino de Corinto e adotado pelo rei Pólibus.

Em dado momento acabou descobrindo que não era filho legítimo da realeza. O jovem, profundamente magoado, partiu numa jornada a fim de se consultar o Oráculo para descobrir a real origem de seus pais e de si mesmo.

Finalmente o Oráculo lhe revelou a verdade sobre o destino o qual estava fadado, o de matar seu pai e se envolver com sua própria mãe. Um detalhe importante é que, apesar das revelações do Oráculo, não lhe foi dito o nome de seus progenitores.

Desnorteado, Édipo abandonou o reino de Corinto como impulso para fugir de seu destino fatal. No caminho, em direção ao norte e à cidade de Tebas, o jovem se deparou com um estreito caminho na estrada, no qual uma carruagem, levando um desconhecido rei e alguns homens de sua escolta, queria passar ao mesmo tempo.

O resultado dessa situação foi um acidente. A carruagem lançou-se na direção de Édipo para tomar o seu lugar na estrada e o jovem, enfurecido com a audácia dos homens e do tal rei, lutou contra eles até matá-los. Todos foram mortos, com exceção de um servo, que fugiu e desapareceu.

Após o apuro, Édipo seguiu viagem e inevitavelmente acabou chegando à cidade de Tebas, no momento invadida por uma criatura monstruosa com corpo de leão e cabeça de mulher, a Esfinge.

A Esfinge estava situada na entrada principal da cidade que conduzia ao templo e fazia um enigma a todos aqueles que passavam por ali. Aqueles que não conseguiam responder eram devorados pela criatura.

O enigma da Esfinge era o seguinte pergunta:

"Qual é o animal que de manhã tem quatro pés, dois ao meio dia e três à tarde?"

Até então, ninguém havia conseguido responder à questão. Até mesmo Creonte, irmão de Jocasta, em desespero, prometeu a mão da Rainha em casamento àquele que pudesse desvendar o mistério da Esfinge.

Astutamente, Édipo foi o único que respondeu corretamente:

"o homem".

Assim, a Esfinge acabou sendo derrotada e suicidou-se. Édipo, consequentemente, foi aclamado como herói e nomeado Rei de

Tebas. Com Laio morto, a viúva Jocasta casou-se com ele. Desta relação nasceram quatro filhos.

Passado um tempo, Tebas foi castigada por uma série de pragas, com civis morrendo sem ter menor ideia do real motivo pelo qual aquilo estava acontecendo e sem qualquer indício de como resolver o problema. Muitos imploraram ajuda ao rei Édipo.

Com compaixão, o rei mandou Creonte, seu cunhado e conselheiro, ir ao mesmo Oráculo Délfico para descobrir como parar a praga que caia sobre a cidade.

Creonte retornou e Édipo exigiu que as notícias fossem dadas em primeira mão na frente de todo o povo de Tebas. Assim ele comunicou que, segundo o oráculo, o assassino do rei antecessor, Laio, estava entre eles em Tebas; a praga só iria embora quando o responsável fosse expulso da cidade.

Assim, Édipo tomou as dores do povo e decidiu fazer de tudo para descobrir quem era o assassino do antigo rei Laio.

Atendendo às aclamações do povo, ele resolveu chamar o grande profeta Tirésias, um velho e cego ancião que se proclamava intermediário entre os mortais e o deus Apolo.

Para sua surpresa, Tirésias contou-lhes a verdade: Édipo era o assassino e a maldição! O rei, estupefato, acusou o profeta de farsa e insinuou que Creonte e o velho estivessem de conspiração contra ele.

Tirésias, nervoso, continuou a contar-lhes as verdades, além de dizer que o rei nem ao menos sabia o nome de seus próprios pais. Sem entender nada, Édipo pediu por explicações mais detalhadas, mas só recebeu respostas enigmáticas:
"O assassino de Laio, no fim, será tanto irmão como pai de suas crianças, tanto filho como marido de sua mãe".

Édipo pediu a morte de Creonte, quando Jocasta tenta impedir seu esposo a prosseguir. Ela revelou novos detalhes da morte de Laio, de seu bebê abandonado e da profecia do oráculo há muitos anos.

A história de Jocasta mexeu com a cabeça de Édipo, que indagou se ele poderia ter sido mesmo o assassino do pai. Para confirmar, apareceu o servo sobrevivente do dia do acidente para esclarecer os acontecimentos.

Na mesma época, um mensageiro de seu pai adotivo chegou à cidade com a notícia da morte de Pólibus. Por coincidência, o mensageiro era o mesmo pastor que o havia salvo quando era bebê. Diante da situação, o pastor foi obrigado a contar a verdadeira história de Édipo.

Assim, juntando os fatos de seu atual marido ser na verdade seu filho, Jocasta não aguentou o golpe e se enforcou em seu quarto. Édipo, ao se deparar com a cena, furou os próprios olhos como punição a si mesmo.

No final da tragédia, Édipo é finalmente levado para fora de Tebas, escoltado por seus filhos, completando a profecia do Oráculo.

8. Paris e Helena de Tróia

Amor na Mitologia

A "querela da beleza" entre Hera, Afrodite e Atena, desencadeada pelo "pomo da discórdia" lançado por Éris no casamento de Peleu e Tétis, logo envolveu dois mortais: Páris, também conhecido por Alexandre, e a belíssima Helena de Esparta, que logo se tornaria conhecida por Helena de Troia. O julgamento de Páris

Pouco antes de Páris ou Alexandre, filho mais novo de Príamo, rei de Troia, nascer, a rainha Hécuba, sua mãe, teve um sonho profético: daria à luz uma tocha que incendiaria toda a cidadela. Adivinhos aconselharam Hécuba a matar a criança, mas ela preferiu simplesmente expor o menino logo após o nascimento.

O servo encarregado da tarefa, porém, recolheu a criança e criou-a secretamente. Anos depois, já um belo rapaz, Páris se tornou pastor e protetor de rebanhos no Monte Ida, perto de Troia — daí o nome Alexandre, 'o que protege os homens'. Posteriormente, ao vencer jogos atléticos disputados na cidade de Troia, foi reconhecido pela irmã Cassandra, que tinha dons proféticos, e aceito por Príamo e Hécuba.

Quando se deu o impasse provocado por Éris, Zeus determinou que Páris fosse o juiz da disputa e Hermes conduziu então as três deusas ao Monte Ida, onde o rapaz pastoreava os rebanhos.

Cada uma das deusas prometeu proteção e favores especiais para dispô-lo a seu favor. Hera lhe daria o domínio de toda a Ásia; Atena, sabedoria; e Afrodite, o amor da mulher mais bela do mundo. Páris decidiu a favor de Afrodite e com isso selou o destino de Troia.

A mulher mais bela do mundo era a espartana Helena, filha de Zeus e de Leda, irmã de Clitemnestra e de Castor e Polideuces. Devido à sua extraordinária beleza foi raptada mocinha ainda pelo herói Teseu e levada para Atenas; foi resgatada, porém, por Castor e Polideuces, seus irmãos, pouco antes de sua morte e divinização.

Helena parece ter sido, primitivamente, uma divindade laconiana da vegetação ou até mesmo uma antiga divindade indo-europeia, filha do Sol. Considerá-la filha de Zeus foi, provavelmente, apenas uma forma simples de assimilar uma divindade feminina pré-helênica a uma divindade masculina indo-europeia. Já sua associação a Menelau, Páris e ao ciclo troiano continua um mistério.

Tíndaro, marido de Leda e rei de Esparta, resolveu então casar a jovem. Atraídos por sua beleza, os pretendentes de toda a Hélade foram a Esparta pedir sua mão. A disputa se tornou acalorada e os pretendentes estavam a ponto de se matar quando um deles, Odisseu, propôs a Tíndaro que Helena escolhesse o marido; mais ainda, os pretendentes deveriam jurar que respeitariam a escolha e socorreriam o escolhido sempre que necessário.

O rei concordou, os pretendentes fizeram o juramento e Helena então escolheu Menelau, irmão de Agamêmnon, rei de Argos (ou Micenas). Algum tempo depois, com a morte de Tíndaro, Menelau assumiu o trono de Esparta. Na época da querela das três deusas o casal já tinha uma filha de nove anos, Hermíone.

Algum tempo depois do julgamento, Páris dirigiu-se a Esparta, tendo sido bem recebido por Menelau. Mas o rei teve de viajar até Creta, para participar dos funerais de Catreu, filho de Minos e Pasífae, seu avô por parte de mãe, e deixou o hóspede aos cuidados da esposa. Durante a ausência de Menelau, sob a proteção de Afrodite, Páris seduziu Helena e raptou-a; segundo outras versões, ela o acompanhou de livre e espontânea vontade, impressionada pela beleza e pela riqueza do troiano. De qualquer modo, Helena levou consigo escravas e tesouros do palácio e deixou a filha Hermíone para trás.

Diversas tradições míticas, tardias em sua maioria, descrevem as inúmeras peripécias de Páris durante a viagem para a Ásia; quando os fugitivos chegaram a Troia, todos ficaram deslumbrados com a beleza de Helena. Príamo e Hécuba instalaram os dois amantes no palácio, onde viveram durante muitos anos como marido e mulher, até a morte de Páris.

9. Phyllis e Demofonte

ma das mais belas e tristes histórias de amor da antiguidade envolve Demofonte e Phyllis. Demofonte era rei de Atenas, filho de Teseu. Ao voltar da Guerra de Tróia, Demofonte parou o seu navio no pequeno reino da Trácia onde conheceu Phyllis, a bela filha do rei. Eles se enamoraram no momento em que se viram. Vendo os jovens assim tão apaixonados, o rei consentiu no casamento instituindo o futuro genro como herdeiro de seu trono.

Antes do casamento, Demofonte explicou que precisava fazer uma breve visita a seu pai em Atenas, afinal não o via há muitos anos desde que partira para a guerra. Rogou pela compreensão de Phyllis, jurando que estaria de volta em quatro meses para viver para sempre ao lado da amada. Depois de ver a lua cheia brilhar por quatro vezes, Phyllis contava os dias e as horas, como só os apaixonados sabem contar.

Vivendo junto a praia observando o horizonte, várias vezes se iludiu julgando ter avistado ao longe as velas brancas do navio de Demofonte. Ele não aparecia e ela inventava mil desculpas para sua demora: talvez o pai o tivesse retido por mais tempo ao seu lado ou algo de ruim tivesse acontecido no caminho. Ás vezes ficava arrependida só de pensar nisso e corria a pedir aos deuses que o protegessem.

À medida em que o tempo passava, suas esperanças diminuíram, e, aos poucos, começou a ser dominada pelos fantasmas de sempre: talvez tivesse sido enganada por palavras doces, seduzida e abandonada. Julgou que seriam falsas as juras de amor, como eram falsas as lágrimas que ele tinha derramado ao partir. Talvez ele nem mesmo se lembrasse mais dela e a essa hora poderia ter encontrado outro amor.

Tomada pelo desespero, não suportou mais o sofrimento e resolveu se enforcar. Mas os deuses, apiedando-se dela, a transformaram numa triste amendoeira. Quando Demofonte finalmente regressou, três meses mais tarde, só lhe restou abraçar-se a árvore, reafirmando entre soluços, o amor que sentia por Phyllis.

Nesse instante a amendoeira se cobriu de delicadas flores, que apenas aguardava o abraço apaixonado do amado, que lhe deu força e a seiva de que precisava para desabrochar.

10. Tristão e Isolda

Amor na Mitologia

história se passa na Cornualha e também na Irlanda. Narra, principalmente, as aventuras do jovem Tristão, dentre elas o maravilhoso feito de matar um dragão que assolava a Irlanda e punha a vida da família real irlandesa em risco. Já Isolda, a princesa da Irlanda descendente de fadas, precisa seguir em frente mesmo vivendo presa no castelo do guerreiro que ela crê que a enganou.

Diz a lenda que Tristão um excelente cavaleiro é envido por seu tio, o Rei Marcos da Cornualha à Irlanda para trazer a bela Isolda para que eles se casem.

Durante a viagem de volta à Grã Bretanha, os dois acidentalmente bebem uma poção de amor mágica, originalmente destinada a Isolda e Marcos. Devido a isso, Tristão e Isolda apaixonam-se perdidamente, e de maneira irreversível, um pelo outro. De volta à corte, Isolda casa-se com Marcos, mas ela mantém com Tristão um romance que viola as leis temporais e religiosas e escandaliza todos.

Tristão termina banido do reino, casando-se com Isolda das Mãos Brancas, princesa da Bretanha, mas seu amor pela outra Isolda não termina.

Depois de muitas aventuras, Tristão é mortalmente ferido por uma lança e manda que busquem Isolda seu verdadeiro amor, acreditando que ela possa curá-lo de suas feridas.

Enquanto ela vem a caminho, a esposa de Tristão, Isolda das Mãos Brancas, engana-o, fazendo-o acreditar que Isolda não viria para vê-lo.

Tristão então morre, e Isolda, ao encontrá-lo morto, morre também de tristeza.

11. Medeia e Jasão

Amor na Mitologia

*J*asão, descendente de Éolo, é conhecido por suas aventuras com os argonautas e pelo casamento com Medeia.

Éson, filho de Creteu, reinava em Iolco, Tessália. Quando seu filho Jasão era ainda pequeno, seu meio-irmão Pélias, filho de Posídon, usurpou o trono à força. Por segurança, Éson fingiu a morte do filho e enviou Jasão para o centauro Quíron, que o criou no Monte Pélion até a idade adulta.

Enquanto Jasão crescia, um oráculo avisou Pélias que sua vida estava nas mãos de um homem que usava uma única sandália. Quando Jasão se tornou adulto e encontrou o tio para negociar pacificamente a recuperação do trono, Pélias observou que o sobrinho estava sem uma das sandálias, que perdera ao vadear um rio.

O rei manteve a calma, tratou-o amistosamente e contou que Frixo lhe ordenara, em sonho, que recuperasse o tosão de ouro, atualmente guardado na distante Cólquida pelo rei Eetes, filho de Hélio. Pélias, porém, estava velho demais para conduzir uma expedição e propôs que Jasão, jovem e vigoroso, cuidasse disso em troca do trono. A distância não era a única dificuldade: após a morte de Frixo, Eetes consagrara a pele do carneiro a Ares e a mantinha em uma gruta, atentamente vigiada por um dragão.

Jasão aceitou a empreitada, reuniu numeroso grupo de heróis, mandou construir um navio, o Argo, e partiu para a Cólquida com seus companheiros, os argonautas.

Pélias certamente não esperava que Jasão retornasse, mas após uma viagem de muitas aventuras, ele voltou com o tosão de ouro e uma esposa: Medeia, bela e poderosa feiticeira. Filha de Eetes, neta do deus Hélio e sobrinha de Circe, Medeia não era uma simples mortal; a julgar pelo relato da Teogonia, ela era efetivamente imortal.

A estada de Jasão e Medeia em Iolcos, após suas aventuras com os argonautas, não é bem documentada nas fontes antigas, que nada mencionam a respeito da cessão do trono a Jasão ou da necessidade de vingança contra Pélias e suas consequências. O casal teve um filho, Medeio ou Medos, criado pelo centauro Quíron.

Aparentemente Pélias continuou a reinar até sua morte, provocada por Medeia sob a instigação de Hera, descontente porque o rei não lhe prestava as honras devidas. Medeia se ofereceu para rejuvenescer Pélias através de um estranho método, que demonstrou às interessadas filhas do rei: matou um carneiro idoso, cortou-o em pedaços, colocou os pedaços em um caldeirão com ervas mágicas e, fervida a mistura, emergiu um cordeiro jovem e vigoroso.

As moças não ficaram muito convencidas, então a feiticeira repetiu o procedimento com Éson, pai de Jasão, e com o próprio Jasão. Diante disso, as filhas de Pélias, com exceção de Alceste, mataram o pai, cortaram-no em pedaços e ferveram tudo no caldeirão de Medeia... só que dessa vez a magia "não funcionou" e Pélias continuou morto.
Acasto, filho de Pélias e seu sucessor, celebrou esplêndidos jogos fúnebres em homenagem ao pai, dos quais numerosos heróis e o próprio Jasão participaram.

Anfiarau, Meleagro, Atalanta e
os dióscuros estavam entre os vencedores das provas.

De acordo com Apolodoro, depois do funeral Acasto baniu Jasão e Medeia, que se mudaram para Corinto; Diodoro Sículo afirma, por outro lado, que Jasão cedeu o trono a Acasto e partiu voluntariamente.

No final do século V, as antigas histórias sobre a estada de Jasão e Medeia em Corinto deram lugar à versão de Eurípides, veiculada pela tragédia Medeia (-431).

Em Corinto, Jasão e Medeia viveram sossegadamente durante vários anos e tiveram dois filhos. Eles não eram, no entanto, nascidos ali e sua situação era relativamente instável. Para assegurar seu futuro e o futuro dos filhos, Jasão decidiu repudiar Medeia e se casar com Glauce, filha de Creonte, rei de Corinto. Creonte decidiu banir Medeia e os filhos da pólis, mas a feiticeira depressa conseguiu matar Creonte e a filha, presenteando-a com um vestido e uma coroa envenenados. Temendo o futuro das crianças em Corinto e também para punir o ex-marido, Medeia também matou os próprios filhos e fugiu em um carro alado emprestado por seu avô, o deus Hélio.

Depois de assistir, impotente, à fuga de Medeia, Jasão retornou a Iolcos e lá passou o resto de seus dias. Anos depois, enquanto dormia sob a proa do navio Argo, um pedaço de madeira caiu sobre ele e o matou instantaneamente.

Medeia se refugiou em Atenas, curou a infertilidade do rei Egeu, pai de Teseu, e casou-se com Egeu.   Quando Teseu se tornou adulto e foi a Atenas se encontrar com o pai, a quem ainda não conhecia, Medeia logo percebeu de quem se tratava e tentou primeiro provocar a morte de Teseu,   convencendo Egeu a mandá-lo enfrentar o touro de Maratona e, depois, procurou envenená-lo diretamente. Teseu, porém, venceu o touro e o rei reconheceu o filho a tempo de não envenená-lo, e Medeia teve que deixar Atenas.

A feiticeira voltou então para a Cólquida e reencontrou seu filho Medos.   Ao constatarem que o trono de Eetes havia sido ocupado por um usurpador, Perses, irmão de Eetes, Medeia (ou Medos) matou Perses e o trono voltou às mãos de Eetes.

Por fim, Medeia e Medos foram para a Ásia, onde se estabeleceram no atual Irã, entre os arianos, que passaram a ser conhecido por "medos".

Amor na Mitologia

12. Isis e Osiris

onta a lenda que Geb, o deus da terra, e Nut, a deusa do céu, tiveram quatro filhos: Osíris e a sua esposa Ísis, Set e a sua esposa Néftis. Com inveja de Osíris por este ter herdado o reino do pai, Set engendrou um plano para matá-lo e usurpar o seu poder. Quando Osíris estava a dormir, Set tirou as suas medidas e mandou construir um extraordinário sarcófago com base nelas. Organizou um banquete e lançou um desafio: quem coubesse no sarcófago, ganhá-lo-ia de presente. Todos os deuses entraram, mas apenas Osíris encaixou na perfeição. Nesse momento, Set fechou o sarcófago e atirou-o ao rio Nilo, matando dessa forma o irmão.

Ísis sofreu profundamente com a morte do marido e partiu à procura do seu corpo. Conseguiu recuperar o sarcófago e escondeu-o. Set, porém, descobriu-o e, desta vez, esquartejou o corpo de Osíris em 14 partes, enterrando-as em diferentes lugares do Egito.

Depois de ultrapassar uma série de obstáculos, Ísis acabou por conseguir encontrar todos os restos mortais do amado, com exceção do seu orgão genital, devorado por um peixe. Graças aos seus poderes mágicos, a deusa pôde, assim, dar uma vida póstuma a Osíris e até teve um filho com ele. Osíris tornou-se, então, o deus do submundo e do renascimento, concedendo uma nova vida aos homens depois da morte. Por sua vez, Hórus, o filho de ambos, acabaria por conseguir vingar a morte do pai, recuperando o seu reino e restabelecendo a ordem na Terra.

Ainda segundo a lenda, Ísis encontrou o coração de Osíris na ilha de Bigeh, no rio Nilo, onde construiu uma sepultura simbólica que visitava todos os dias. Perto de Bigeh, numa outra ilha chamada Philae, no séc. I a.C. foi construído um templo para homenagear a própria deusa Ísis, símbolo da fertilidade e da maternidade, o qual contém magníficas ilustrações de Ísis e Osíris juntos.

13. O amor em outras mitologias

O tupi-guarani Rudá

Na mitologia tupi-guarani, típica de Brasil e de outros países da América do Sul, o deus do amor é Rudá. Ele é o responsável por preparar os indígenas para o amor e por fazer se apaixonarem aqueles que já estão amadurecidos o suficiente para isso. É comum que as indígenas cantem canções a ele, em busca de serem "presenteadas" com um bom marido. Além disso, Rudá é responsável pela Lua Cheia e pela Lua Nova, Cairê e Catiti, respectivamente.

A etrusca Turan

Para o povo etrusco, que habitou o que hoje é o território da Itália, a deusa do amor era Turan, que também era associada a diversas aves, como patos e cisnes. Foi deixada de lado em algumas listas de deuses etruscos que sobreviveram ao nosso tempo, mas há muitas evidências de que ela era bastante popular. O mês de julho era dedicado a ela e, consequentemente, àqueles que gostariam de se apaixonar.

O orixá Oxum

Ainda que existam muitas outras atribuições a Oxum, como deusa da água doce, da riqueza, da vaidade e do poder feminino, o amor aparece como uma característica marcante. Adorada pela religião Iorubá, o orixá Oxum é representada como uma mulher africana.

Áine

Na mitologia irlandesa, Áine de Knockaine era a deusa-fada do amor e da fertilidade. Retratada como uma mulher pequena, de olhos claros e cabelos dourados como o Sol, ela era festejada no verão, principalmente no solstício de verão. Seu nome significa "prazer", "alegria" ou "resplendor", dependendo da tradução. Seu culto durou até recentemente, por volta de 1970, quando os últimos fiéis foram morrendo, fazendo com que a tradição não perdurasse.

A egípcia Hathor

Representada como uma vaca, com um disco solar entre os chifres que ficam sobre a cabeça, essa deusa egípcia é muito venerada. Além de ser deusa do amor, ela também auxilia mulheres no parto, podendo ser compreendida como uma deusa da fertilidade.

A nórdica Freya

Ainda que os relatos nórdicos sobre figuras e contos tenham sido alterados por historiadores cristãos, a Freya nórdica do amor é uma das mais antigas da religião germânica. O poder dela também é reconhecido como agente na fertilidade das mulheres, na beleza e na riqueza.

A suméria Inanna

Integrante de um povo mesopotâmio, a deusa do amor Inanna é homenageada por cerca de quarenta e dois hinos sumérios. Reconhecida também como deusa da fertilidade e da maternidade, dizem que a devoção de Inanna ao amor a fez ir até o inferno para resgatar o amado.

A nórdica Frigga

Esposa do deus Odin e mãe do deus Thor, a deusa Frigga é outra deusa do amor da mitologia nórdica. Além disso, ela é considerada protetora das famílias, das donas de casa e associada à doçura. Por conta dessas características, Frigga também é vista como uma das mais belas deusas dessa cultura.